RENOU ET MAULDE

IMPRIMEURS DE LA COMPAGNIE DES COMMISSAIRES-PRISEURS

Rue de Rivoli, 144

Vente des 31 Janvier et 1er Février 1870

MINIATURES

DESSINS & AQUARELLES

TABLEAUX MODERNES

EXPOSITIONS

PARTICULIÈRE : le Samedi 29 Janvier 1870
PUBLIQUE : le Dimanche 30 Janvier 1870

COMMISSAIRE-PRISEUR :	EXPERT :
Me Philippe **LECHAT**	M. E. **FÉRAL**, Peintre
Rue Saint-Lazare, 64.	Rue de Buffault, 23.

PARIS — 1870

CATALOGUE

DES

MINIATURES

PAR

Augustin, W. Bauer, Guérin, Charlier, Lavreince
Perrin, Sicardi, etc.

DESSINS & AQUARELLES

ANCIENS ET MODERNES

PAR

Boucher, Cochin, Gravelot, J.-B. Huet, Moreau le jeune
B. Picard, Moreau l'aîné

80 BELLES AQUARELLES

Vues de Rome, Naples, Paris, etc.

Par J.-V. NICOLLE

14 Aquarelles par Ed. BEAUMONT

TABLEAUX MODERNES

PARMI LESQUELS ON REMARQUE

LA GARDE DU CAMP, PAR GÉROME

DONT LA VENTE AURA LIEU

HOTEL DROUOT, SALLE N° 5

Le Lundi 31 Janvier et Mardi 1er Février 1870

A DEUX HEURES

Par le ministère de Me **Philippe LECHAT**, Commissaire-Priseur,
rue Saint-Lazare, 64,

Assisté de **M. FÉRAL**, Peintre-Expert, rue de Buffault, 23,

Chez lesquels se distribue le présent Catalogue.

EXPOSITIONS

PARTICULIÈRE	PUBLIQUE
Le Samedi 29 Janvier 1870	Le Dimanche 30 Janvier 1870

DE DEUX HEURES A CINQ HEURES

PARIS — 1870

CONDITIONS DE LA VENTE

—

Elle sera faite au comptant.

Les Acquéreurs paieront, en sus des adjudications, CINQ CENTIMES PAR FRANC, applicables aux frais.

ORDRE DES VACATIONS

—

Le Lundi 31 Janvier : Miniatures, commencement des Dessins et Aquarelles.

Le Mardi 1ᵉʳ Février : Dessins et Aquarelles et Tableaux.

DÉSIGNATION

DESSINS ET AQUARELLES

ANDIRAN (F.-D.)

1 — Le Simplon.

Aquarelle.

H. 18 c. L. 27 c.

SAINT-AUBIN (Auguste de)

2 — Jeune Femme en buste, vue de profil, tournée à
gauche, cheveux blonds relevés, bonnet avec
rubans bleus, mante en soie noire.

Dessin au crayon dans un cadre en bois sculpté.

Forme ronde. — Diam. 96 mill

BEAUMONT (Ed. de)

3 — Une jeune Fille causant avec un Turc, avec cette
    légende :
        La loi permet aux hommes dans ma patrie
d'avoir plusieurs femmes à la fois. — Eh bien,
ici, monsieur, c'est exactement le contraire. La
loi nous favorise.

Aquarelle.

H. 26 c. 1/2. L. 19 c. 1/2.

BEAUMONT (Ed. de)

4 — Une jeune Fille interrogée par sa mère, avec cette
    légende :
        Où vas-tu ?... Je vais mettre une carte chez
Rigolboche.

Aquarelle.

H. 21 c. L. 18 c. 1/2.

BEAUMONT (Ed. de)

5 — Un Pierrot et une jeune Fille en débardeur, vidant
    une bouteille de vin, avec ce titre :
    Une machine à faire le vide.

Aquarelle.

H. 23 c L. 19 c.

BEAUMONT (Ed. de)

6 — Deux jeunes Filles vues à mi-corps, avec cette légende :

Vois-tu, ma chère, l'amour c'est comme la vieille garde !

— Ça meurt! mais ça ne se rend pas.

Aquarelle.

H. 21 c. L. 18 c. 1/2.

BEAUMONT (Ed. de)

7 — Une jeune Fille cause avec son cousin, avec ce titre :

Ça ne vous fait donc rien, cousin,' que votre femme ait des amants ?

— Si, ça me fait une société.

Aquarelle.

H. 23 c. L. 19 c.

BEAUMONT (Ed. de)

8 — Un vieux Masque avec des ailes d'Amour, cause avec une jeune femme en débardeur, avec ce titre :

Un amour malheureux.

Aquarelle.

H. 25 c. 1/2. L. 19 c.

BEAUMONT (Ed. de)

9 — Deux jeunes Filles, dont une en débardeur, avec
ce titre :
   Télégraphie privée, zut...

Aquarelle.

H. 23 c. L. 19 c.

BEAUMONT (Ed. de)

10 — Deux jeunes Filles causent ensemble, avec ce
titre :
   Zut! et ta mère est-elle mariée ?

Aquarelle.

H. 26 c. 1/2. L. 20 c.

BEAUMONT (Ed. de)

11 — Une jeune Fille en costume de bébé, avec ce titre :
   Un bébé qui a faim.

Aquarelle.

H. 23 c. L. 16 c. 1/2.

BEAUMONT (Ed. de)

12 — Une jeune Fille s'offre pour modèle avec ce titre :
   Mlle Aurore, modèle de tout.

Aquarelle.

H. 22 c. L. 16 c. 1/2.

BEAUMONT (Ed. de)

13 — Un Pierrot suivant une jeune femme, avec ce titre :
  Un pierrot qui cherche à faire son nid.

Aquarelle.

H. 25 c. L. 18 c. 1/2.

BEAUMONT (Ed. de)

14 — Une jeune Fille en débardeur, avec ce titre :
  Faribole.

Aquarelle.

H. 23 c. L. 15 c.

BEAUMONT (Ed. de)

15 — Une jeune Fille en débardeur, avec ce titre :
  Profil de mirliton.

Aquarelle.

H. 22 c. 1/2. L. 15 c. 1 2.

BEAUMONT (Ed. de)

16 — Une jeune Femme cause avec un enfant qui tien
  un cerceau.

Dessin et aquarelle.

H. 21 c. L. 15 c

BOREL (A.)

(DEUX PENDANTS)

17 — Dans le premier, trois Dryades jouant avec un satyre.

Dans le second, des Bacchantes et des Faunes, couronnés de pampres.

Signés A. BOREL.

Aquarelles.

H. 24 c. L. 32 c.

BOUCHER

18 — Dans un joli paysage, des Bergers ont organisé une balançoire avec un tronc d'arbre; ils ont près d'eux leurs moutons.

Signé BOUCHER.

Dessin au crayon noir.

H. 27 c. L. 32 c. 1/2.

BOUCHER

19 — Trois jeunes Nymphes groupées ensemble dans une attitude gracieuse. Des amours les enlacent de fleurs.

Dessin au crayon noir sur papier gris, rehaussé de blanc.

H. 33 c. L. 23 c.

BOUCHER

20 — Deux Têtes de jeune fille, dont l'une est couronnée de roses.

Dessin aux trois crayons.

H. 24 c. L. 18 c. 1/2.
H. 19 c. 1/2 L. 14 c.

BOUCHER

21 — Des Enfants entourent une marmite, dans laquelle est une soupe en ébullition.

Dessin fait pour servir de vignette à un des volumes du théâtre de Favart.

Au crayon noir.

H. 35 c. L. 23 c.

BOUCHER

22 — Intérieur du temps de Louis XV avec trois personnages.

Dessin à l'encre de Chine.

H. 12 c. 1/2. L. 7 c. 1/8.

BOUCHER (Attribué à)

23 — Diane au bain avec ses Nymphes, est surprise par Actéon.

H. 32 c. L. 22 c.

BOUCHER (Attribué à)

24 — Baigneuses.

Au crayon noir et blanc, sur papier bleu.

H. 30 c. 1/2. L. 21 c.

BOSSOLI

25 — Quatre belles Gouaches. Vues prises en Allemagne :
Villes d'eaux, Palais, Casinos, Jardins publics.

H. 22 c. L. 32 c.

BOSSOLI (C.)

26 — Un Lac entouré de hautes montagnes, effet de soleil couchant.

H. 22 c. L. 29 c.

BOUCHARDY (E.)

27 — Trois Portraits d'actrices.

A l'estompe et au pastel.

H. 23 c. L. 18 c.

CALAME (A.)

28 — Massif d'arbres sur le haut d'une colline. Sur le premier plan, un arbre déraciné et un bûcheron.

Belle aquarelle.

H. 29 c. 1/2. L. 39 c. 1/2.

CARLE

29 — Bouquet de fleurs et Nid d'oiseau.

Aquarelle.

H. 25 c. L. 20 c.

CHOFFARD

30 — Frontispice formant médaillon avec guirlande de fleurs, moutons et chute d'eau.

Sépia.

H. 16 c. L. 11 c.

CICERI (Ernest)

31 — Monument en ruine.

Dessin décoratif à la gouache.

H. 16 c. L. 27 c. 1/2

CLÉRISSEAU

(DEUX PENDANTS)

32 — Dans le premier, une Terrasse avec pont et statues;
Dans le second, un Monument avec fontaine,
terrasse et grand escalier.

Aquarelles.

Forme ronde. — Diam. 11 c.

CLÉRISSEAU

33 — La Fontaine du Luxembourg.

Aquarelle dans le sentiment de H. Robert.

H. 17 c. L. 22 c. 1/2.

COCHIN (CHARLES-NICOLAS)

34 — Buste de jeune femme vue de profil.

Dessin au crayon signé C. N. Cochin. Rome, 1750.
Cadre en bronze.

Forme ronde. — 110 mill. de diam.

COCHIN (CHARLES-NICOLAS)

35 — L'Affabilité et la Hauteur.

Gravé par Simonet, dans l'ouvrage intitulé *Iconologie* par
figures, ou Traité complet des allégories, emblèmes, etc., etc.
par MM. Gravelot et Cochin.

A la sanguine.

H. 0 m. 105 mil. L. 0 m. 62 mil.

COCHIN (Charles-Nicolas)

36 — La Guerre et la Paix.

Gravé avec des variantes dans le même ouvrage que le numéro précédent.

A la sanguine.

H. 0,105 mil. L. 0,062 mil.

COCHIN (Charles-Nicolas)

37 — Portrait de jeune femme en buste, vue de profil, dans un médaillon.

Mine de plomb et sanguine, signée C. M. Cochin fils, 1759.

COIGNET

38 — Un Châlet suisse entouré d'arbres. Dans le fond, de hautes montagnes.

Signé J. Coignet.

Aquarelle.

H. 19 c. 1/2. L. 15 c. 1/2

DAVID (G.)

39 — Un jeune Couple napolitain joue du tambour de basque et de la flûte, un enfant danse en jouant des castagnettes.

Belle aquarelle.

H. 34 c. L. 26 c.

DAVID (G.)

40 — Une jeune Servante, coquettement habillée, prend un pot de confiture dans un buffet. Son chat près d'elle paraît intrigué.

Jolie aquarelle.

H. 25 c. L. 19 c.

DAVID (G.)

41 — Une jeune Fille en costume de bergère coquette, danse en agitant des castagnettes. Derrière elle une autre jeune fille assise, l'accompagne de la guitare.

Signé J.-Louis DAVID.

H. 25 c. 1/2. L. 20 c.

DEBUCOURT

42 — Une Danseuse tournée vers la gauche; elle porte une robe blanche à raies rouges, qu'elle tient avec ses deux mains et exécute un pas.

Très-fine aquarelle.

H. 150 mil. L. 90 mil.

DEDREUX-DORCY

43 — Étude de jeune fille.

A la mine de plomb.

H. 17 c. L. 13 c. 1/2.

DEDREUX-DORCY

44 — Étude de jeune fille; sur la même feuille au verso, deux jeune filles groupées ensemble.

A la mine de plomb.

H. 13 c. L. 12 c.

DELAUNAY (Carle)

45 — Alexandrine Saint-Aubin, tenant un tambour de basque et dansant (dans le rôle de Cendrillon.)

Aquarelle.

H. 188 mill. L. 120 mill.

DESPREZ

46 — Place publique, au milieu de laquelle se trouve une fontaine surmontée d'un éléphant et d'un obélisque; sur la gauche, parade de masques sur des tréteaux.

Aquarelle.

H. 15 c. L. 25 c.

DESMATTER (Jacob)

47 — Fragments divers d'architecture à l'église Saint-Nicolas-des-Champs.

Dessin à la sépia.

H. 16 c. L. 13 c.

DESRAIS

48 — Dans un Boudoir, une jeune dame étendue sur un canapé, reçoit une déclaration d'un jeune homme qui est à genoux.

H. 14 c. L. 92 c.

DÉVERIA (Eugène)

49 — Enlèvement d'une jeune fille.

Aquarelle.

H. 15 c. L. 10 c.

DUPEYRAT (F.-D.)

50 — La place et l'église Saint-Marc à Venise.

Aquarelle.

H. 27 c. L. 37 c.

DUVIVIER

51 — Une jeune Grecque, étude.

Signé B. Duvivier, 1814.

Aquarelle gouachée.

H. 23 c. L. 15 c.

DUVIVIER

52 — Jeune fille à sa toilette.

Étude, crayon et sépia.

H. 21 c. L. 16 c. 1/2.

EISEN (Charles)

53 — Douze charmantes petites Compositions, sur un même carton, tirées des Contes de La Fontaine.

H. 5 c. 1/2. L. 7 c.

EISEN (Charles)

54 — Au milieu d'un paysage baigné par une rivière, l'Amour et l'Amitié causent et sympathisent. Frontispice.

Dessin à l'encre de Chine.

H. 20 c. L. 19 c.

FONTENAY (DE)

55 — Vue de Suisse, avec chalets et sapin au premier plan.

Signé DE FONTENAY.

A la mine de plomb.

H. 12 c. L. 17 c.

FRAGONARD (Honoré)

56 — Pavillon avec arbres formant berceau; fleurs et
figures.

Charmant dessin à l'encre de Chine.

L. 22 c. 1/2 — H. 16 c.

GARNERAY

57 — Trois Églises cathédrales.

Trois aquarelles.

H. 17 c. L. 12 c.

GRAVELOT (H.)

58 — Trois Dessins pour le Décaméron.

Bistre.

H. 11 c. 1/2. L. 6 c.

GRAVELOT (H.)

59 — L'Air représenté par une jeune Femme mollement
étendue sur des nuages, et entourée d'oiseaux
qui voltigent autour d'elle.

A l'encre de Chine.

H. 18 c. L. 15 c.

GREFFENRIED (A. DE)

60 — Intérieur de l'église Saint-Martin-du-Mont, à
Rome.

Aquarelle.

H. 27 c. L. 34 c.

GREFFENRIED (A. DE)

61 — La Place Saint-Marc, à Venise; l'Église Saint-Marc
vue de profil, avec nombreuses figures.

Aquarelle.

H. 24 c. L. 36 c.

GREFFENRIED (A. DE)

62 — San Giavani et Paolo, à Venise.

Aquarelle.

H. 24 c. L. 35 c.

HIPLEBUZ

63 — Entrée de bois, avec figures.

Jolie aquarelle.

H. 13 c. 1/1. L. 40 c.

HOET (G.)

64 — Amour dansant autour d'un buste de la Jeunesse,
et l'enlaçant de fleurs.

Dessin à l'encre de Chine.

H. 38 c. 1/2. L. 19 c.

HOUEL

(DEUX PENDANTS)

65 — Le premier est un Paysage avec animaux, et talus
sur la droite.

Le second, un Paysage marine, avec rochers et
arbres rabougris sur la gauche.

Délicieux dessin à l'encre de Chine.

H. 13 c. 1/2. L. 18 c.

HUBERT

66 — Chalet suisse entouré d'arbres. Au premier plan,
une mare; fond avec montagnes.

Aquarelle.

H. 22 c. L. 30 c.

HUET (Jean-Baptiste)

67 — Paysage avec animaux, et rochers sur la gauche.

Signé J. B. Huet, 1788.

Gouache d'une grande finesse.

H. 18 c. L. 27 c.

HUET (J.-B.)

(PENDANT DU PRÉCÉDENT)

68 — Paysage avec cours d'eau et animaux au premier plan.

Signé J. B. Huet, 1788.

Gouache d'une grande finesse.

H. 18 c. L. 27 c.

HUET (J.-B.)

69 — Au milieu d'un joli Paysage et près d'une fontaine, un berger et une bergère entourés de leur troupeau se livrent à de tendres ébats.

Signé J. B. Huet.

Belle aquarelle.

H. 23 c. L. 31 c.

HUET (J.-B.)

70 — Deux jeunes gens, arrivés dans la cour intérieure
d'une ferme, se livrent à une conversation ga-
lante. La jeune fille est montée sur un âne.

Signé J. B. HUET.

Très-jolie aquarelle.

H. 29 c. L. 15 c.

HUET (J.-B.)

71 — Une jeune Paysanne au bord d'une rivière pêche
à la ligne; près d'elle un enfant avec un chien.

Signé J. B. HUET, 1757.

Gouache

H. 14 c. L. 19 c. 6/2.

HUET (J.-B.)

72 — Deux gouaches de forme ronde dans le même
cadre. La première est un Paysage avec rochers
et cascades; la seconde, un Paysage avec des
bergers entourés de leur troupeau.

Forme ronde. — Diamètre 07 c. 1/2.

HUET (J.-B.)

73 — Jeune Bergère assise au pied d'un arbre, ayant auprès d'elle un erfant; un chien et son troupeau.

Signé J. B. Huet.

A l'encre de Chine.

H. 10 c. L. 13 c.

HUET (J.-B.)

74 — Jeunes Villageois prenant leurs ébats à la campagne.

Jolie gouache.

L. 19 c. H. 13 c.

HUET

75 — Bergers et Bergères.

Deux petits médaillons forme ronde.

Sépia.

Diamètre. 4 c.

ISABEY

76 — L'impératrice Joséphine. A mi-corps, le front orné
du diadème.

Dessin très-soigné, à l'encre de Chine.

H. 15 c. L. 11 1/2 c.

JOLLIVET (Signé)

77 — Une Barricade rue Saint-Honoré. Une jeune fille au milieu des combattants tient un drapeau.

Aquarelle.

H. 26 c. L. 10 c. 1/2.

JUSTIN

78 — Une Entrée de village, avec figures.

Aquarelle.

H. 18 c. L. 25 c.

LEBOUCHER (A.)

79 — Etude de Chiens.

Aquarelle.

H. 104 c. 1/2. L. 15 c.

LEDUC (E.-V.)

80 — Vue d'un Château entouré d'eau et auquel on communique par un pont gothique.

Dessin à la sépia.

H. 24 c. L. 20 c.

MARILLIER

81 — Intérieur avec trois personnages, dont l'un à genoux paraît implorer une grâce.

Dessin à l'encre de Chine.

H. 9 c. L. 9 c.

MEULEN (F. Van der)

82 — Porte de Maestricht.

Aquarelle.

L. 17 c. H. 13 c.

MIDY (Louis)

83 — L'Ecole buissonnière.

Dans un paysage, trois jeunes garçons se cachent dans les blés, apercevant dans le fond le curé du village.

Aquarelle.

H. 20 c. L. 26 c.

MONVOISIN (R.)

84 — Etude de Femme.

Mine de plomb.

H. 23 c. L. 18 c.

MOREAU (Jean-Marie)

85 — Les Adieux.

Ce dessin a été gravé par de Launay le jeune, en 1777; on peut voir la gravure dans l'ouvrage intitulé : *Suite d'estampes pour servir à l'histoire des mœurs et des costumes français dans le XVIIIe siècle.*

Le sujet est ainsi expliqué :

« Cephise, conduite à l'Opéra par son époux, troublée, laisse son amant lui baiser la main. »

Signé J. M. MOREAU LE JEUNE, 1776.

Superbe dessin à la sépia.

H. 26 c. L. 22 c.

MOREAU (J-M.)

86 — Scène à la cour du temps de Louis XVI. Dessin d'une grande finesse.

Sépia.

H. 05 c. L. 07 c.

MOREAU (J.-M.)

87 — Quatre jeunes Femmes assises causent entre elles.

Charmante sépia.

H. 09 c, 1/2. L. 08 c.

MOREAU (Attribué à **J.-M.**)

88 — Nombreux Personnages se promenant dans un
parc.

Dessin et aquarelle.

H. 10 c. 1/2. L. 20 c.

MOREAU (D'après **J.-M.**)

89 — Marie-Antoinette en grande tenue de cour.

Dessin à la sépia.

H. 23 c. L. 17 c. 1/2.

MOREAU (Louis)

90 — Paysage avec rivière bordée de hautes montagnes
aux pieds desquelles se trouvent des monuments
à arcades. Deux barques au premier plan.

Aquarelle.

H. 15 c. 1/2. L. 22 c.

MOREAU (Louis)

91 — Paysage avec rivière bordée de montagnes boisées.
Sur le premier plan, diverses figures et charrette
attelée de bœufs.

Aquarelle.

H. 15 c. L. 23 c. 1/2.

MOREAU (Louis)

92 — Paysage avec rivière ; à droite un monticule sur lequel se trouvent un banc et deux personnages.

Aquarelle gouachée.

H. 24 c. L. 31 c.

MOREAU (Louis)

93 -- Entrée d'un parc avec grand escalier ; jolies petites figures ; exécution des plus habiles.

Gouache de forme ovale.

H. 23 c. L. 18 c.

MOREAU (Louis)

94 — Entrée d'un parc, avec vases de marbre.

Forme ovale. — Gouache.

H. 13 c. L. 09 c.

MOREAU (Louis)

95 — Entrée de bois, avec figures.

Paysage avec figures.

Deux dessins au bistre.

H. 12 c. L. 10 c.

MOREAU (Louis)

96 — Intérieur de parc, avec vases de marbre et personnages.

Gouache.

H. 17 c. L. 20 .

MOREAU (Louis)

97 — Paysage avec ruine et arcade.

Aquarelle.

H. 14 c. L. 10 c.

NICOLLE (J.-V.)

98 — Vue des Salines et du Prieuré de Malthe, situé au bord du Tibre; prise près Sainte-Marie-du-Soleil, à Rome.

Aquarelle.

H. 20 c. L. 32. c.

NICOLLE (J.-V.)

99 — Vue de la petite Église de Saint-André, dite via Flaminia, à un mille de la Porte du Peuple, à Rome.

Aquarelle.

H. 21 c. L. 31 c.

NICOLLE (J.-V.)

100 — Vue de la Place de Saint-Stephano, à Venise.

Aquarelle.

H. 20 c. 1/2. L. 31 1/2.

NICOLLE (J.-V.)

101 — Vue de la place Pouzzole et du piédestal de la statue de Tibère, à 6 milles de Naples.

Aquarelle.

H. 20 c. 1/2. L. 31 c. 1/2.

NICOLLE (J.-V.)

102 — Vue de la place et du nouveau théâtre à Bologne.

Aquarelle.

H. 20 c. 1/2. L. 13 c. 1/2.

NICOLLE (J.-V.)

103 — Vue prise dans une ville d'Italie, avec tourelles et arcade en ruine.

Aquarelle.

H. 20 c. 1/2. L. 31 c.

NICOLLE (J.-V.)

104 — Vue de la promenade de Cestius Epolon, situé près
la porte Saint-Paul à Rome.

Aquarelle.

H. 20 c. 1/2. L. 31 c.

NICOLLE (J.-V.)

105 — Vue du fort de Sainte-Lucie et du château de l'OEuf
à Naples.

Aquarelle.

H. 20 c. 1/2. L. 31 c.

NICOLLE (J.-V.)

106 — Vue de la voie flaminienne vers la ponte Molle, et
la petite église de Saint-André, dite via Flaminia à Rome.

Aquarelle.

H. 20 c. 1/2. L. 31 c.

NICOLLE (J.-V.)

107 — Vue de Pazzo-Falconne, du château de l'OEuf et
d'une partie du golfe de Naples.

Aquarelle.

H. 20 c. L. 31 c.

NICOLLE (J.-V.)

108 — Vue du pont et château Saint-Ange, anciennement
le mausolée d'Adrien, situés sur le Tibre, à
Rome.

Aquarelle.

H. 20 c. L. 31 c.

NICOLLE (J.-V.)

109 — Vue du pont et château Saint-Ange, anciennement
le mausolée d'Adrien, situés sur le Tibre, à
Rome.
Aquarelle.

L. 19 c. 1/2. H. 29 c. 1/2.

NICOLLE (J.-V.)

110 — Vue de Stefano Rotondo et du palais de Latran,
prise de la villa Mattei, à Rome.

Aquarelle.

H. 16 c. L. 24 c.

NICOLLE (J.-V.)

111 — Vue de la villa Négroni à Rome.

Aquarelle.

H. 16 c. L. 24 c.

NICOLLE (J.-V.)

112 — Vue du pont et château Saint-Ange à Rome.

Aquarelle.

H. 13 c. 1/2. L. 19 c.

NICOLLE (J.-V.)

113 — Vue du Panthéon d'Agrippa ou église de Sainte-Marie-des-Martyrs.

Aquarelle.

L. 14 c. H. 19 c.

NICOLLE (J.-V.)

114 — Vue de la place Saint-Marc à Venise.

Aquarelle.

H. 11 c. 1/2. L. 17 c. 1/2.

NICOLLE (J.-V.)

115 — Vue du golfe de Naples et du mont Vésuve.

Aquarelle.

H. 11 c. 1/2. L. 17 c. 1/2.

NICOLLE (J.-V.)

116 — Vue du quai des Esclavons à Venise.

Aquarelle.

H. 12 c. L. 17 c. 1/2.

NICOLLE (J.-V.)

117 — Vue de l'église de San Giovani et Paolo et de la statue équestre de Coléoni à Venise.

Aquarelle.

H. 12 c. L. 18 c.

NICOLLE (J.-V.)

118 — Vue de la place et colonne Vendôme.

Aquarelle.

H. 12 c. L. 16 c. 1 2.

NICOLLE (J.-V.)

119 — Vue de la porte Saint-Denis et du boulevard du même nom.

Aquarelle.

H. 9 c. 1/2 L. 14 c. 1/2.

NICOLLE (J.-V.)

120 — Vue de l'hippodrome de Constantin ou temple de
Bacchus à Rome.

Aquarelle.

H. 09 c. L. 13 c. 1/2.

NICOLLE (J.-V.)

121 — Place et église de Saint-Joseph, église de Saint-
Nicolas, dit Castello, à Venise.

Aquarelle.

H. 8 c. 1/2. L. 12 c.

NICOLLE (J.-V.)

122 — Vue de l'église de Sainte-Marie de la Santé, située
sur le grand canal à Venise.

Aquarelle.

H. 8 c. 1/2. L. 12 c.

NICOLLE (J.-V.)

123 — Vue du palais des Doges à Venise.

Aquarelle.

H. 8 c. L. 13 c. 1/2.

NICOLLE (J.-V.)

124 — Vue du fort Saint-Ange et d'une partie de la ville de Rome.

Aquarelle.

H. 6 c. L. 15 c. 1/2.

NICOLLE (J.-V.)

125 — Vue de la place neuve et d'une des portes antiques de la ville de Barcelone.

Aquarelle.

H. 9 c. L. 11 c.

NICOLLE (J.-V.)

126 — Vue de la grande place à Sienne.

Cette place en forme de coquille peut se remplir d'eau et représenter un combat naval avec de petites barques.

Aquarelle.

H. 7 c. L. 11 c.

NICOLLE (J.-V.)

127 — Vue de la ville de Como, située sur le lac du même nom, dans le Milanais.

Aquarelle.

H. 7 c. c. L. 11 c.

NICOLLE (J.-V.)

128 — Vue de la place et du temple d'Yverdon, dans le
comté de Neuchâtel, en Suisse.

Aquarelle.

H. 7 c. L. 11 c.

NICOLLE (J.-V.)

129 — Vue de la montagne, ville et forteresse de Gibral-
tar, situées sur le détroit de ce nom, en Anda-
lousie, royaume d'Espagne.

Aquarelle.

H. 7 c. L. 11 c.

NICOLLE (J.-V.)

130 — Vue du château de Versailles du côté de l'oran
gerie, prise de la pièce d'eau dite des Suisses.

Aquarelle.

H. 7 c. L. 11 c.

NICOLLE (J.-V.)

131 — Vue du palais du prince de Schwarzemberg et de
l'église de Saint-Charles le Belvedère, à Vienne
(Autriche.)

Aquarelle.

H. 7 c. L. 11 c.

NICOLLE (J.-V.)

132 — Vue générale des fouilles faites à Pompéï, à 16
milles de Naples.

On soupçonne que ce qui est découvert, est le
quartier des soldats.

Aquarelle.

H. 7 c. L. 11 c.

NICOLLE (J.-V.)

133 — Vue de la grande place de Neufchâtel, capitale de
la principauté de ce nom, située au bord du lac,
en Suisse.

Aquarelle.

H. 7 c. L. 11 c.

NICOLLE (J.-V.)

134 — Vue d'une partie de la ville de Genève du côté de
la porte neuve, prise de plein palais.

Aquarelle.

H. 7 c. L. 11 c.

NICOLLE (J.-V.)

135 — Vue d'une partie de la ville et du port de Séville,
vers la cathédrale, située au bord du fleuve
Guadalquivir en Espagne.

Aquarelle.

H. 7 c. L. 11 c.

NICOLLE (J.-V.)

136 — Vue de la ville et du château de Catane, entouré
de la terrible lave qui ruina une grande partie
de cette ville en 1669.

Aquarelle.

H. 7 c. L. 11 c.

NICOLLE (J.-V.)

137 — Vue du temple de la Concorde et de Jupiter ton-
nant, à Rome.

Aquarelle.

H. 7 c. L. 11 c.

NICOLLE (J.-V.)

138 — Vue de l'hôpital des mendiants à Venise.

Aquarelle.

H. 7 c. L. 11 c.

NICOLLE (J.-V.)

139 — Vue de la cathédrale de Milan.

Aquarelle.

H. 4 c. L. 11 c.

NICOLLE (J.-V.)

140 — Vue extérieure du Portique d'Octavie, sœur d'Auguste, servant actuellement de marché au poisson, à Rome.

Aquarelle.

H. 6 c. L. 9 c.

NICOLLE (J.-.V.)

141 — Vue de Saint-Cosme et Saint-Damien et Sainte-Françoise-Romaine, au campo Vaccin, à Rome.

Aquarelle.

H. 6 c. L. 9 c.

NICOLLE (J.-V.)

142 — Vue des restes du théâtre de Marcellus et de la place dite des Montagnons, à Rome.

Aquarelle.

H. 6 c. L. 9 c.

NICOLLE (J.-V.)

143 — Vue des restes du frontispice du temple de la Concorde, situé sur le penchant du mont Capitolin, à Rome.

Aquarelle.

H. 6 c. L. 9 c.

NICOLLE (J.-V.)

144 — Vue du château Saint-Ange et de la coupole de Saint-Pierre, prise du port de Ripetta, à Rome.

Aquarelle.

H. 6 c. L. 9 c.

NICOLLE (J.-V.)

145 — Vue de l'arc de Constantin et du Colysée, à Rome.

Aquarelle.

H. 6 c. L. 9 c.

NICOLLE (J.-V.)

146 — Vue du château Saint-Ange, prise près la porte Angélique à Rome.

Aquarelle.

H. 6 c. L. 9 c.

NICOLLE (J.-V.)

147 — Vue de la place de l'Annonciade et de la statue de Ferdinand Ier, à Florence.

Aquarelle.

H. 6 c. L. 9 c.

NICOLLE (J.-V.)

148 — Vue de la coupole de Saint-Pierre et du côté du Tibre, appelée la Longara, prise près de la Strada Julia, à Rome.

Aquarelle.

H. 6 c. L. 9 c.

NICOLLE (J.-V.)

149 — Vue du temple du Soleil et des trois colonnes restantes du temple de Jupiter Stator, à Rome.

Aquarelle.

H. 6 c. L. 9 c.

NICOLLE (J.-V.)

150 — Vue du prieuré de Malte, situé sur le mont Aventin, prise près les restes du pont Sublicius, à Rome.

Aquarelle.

H. 6 c. L. 9 c.

NICOLLE (J.-V.)

151 — Vue de l'arc de Titus et de l'entrée de la villa Farnèse, située sur le Mont-Palatin, à Rome.

Aquarelle.

H. 06 c. L. 09 c.

NICOLLE (J.-V.)

152 — Vue du pont et fort Saint-Ange, sur le Tibre, à
Rome.

Aquarelle.

H. 06 c. L. 09 c.

NICOLLE (J.-V.)

153 — Vue de l'arc de Titus et des trois Colonnes restantes
du Temple du Jupiter Stator, situés dans le
Campo-Vaccino, à Rome.

Aquarelle.

H. 06 c. L. 09 c.

NICOLLE (J.-V.)

154 — Vue du Colysée, prise des degrés du portail de
Saint-Grégoire, au Mont-Calius, à Rome.

Aquarelle.

H. 06 c. L. 09 c.

NICOLLE (J.-V.)

155 — Vue intérieure de la ville de Chiozza, située dans
les lagunes de Venise.

Aquarelle.

H. 06 c. L. 77 c.

NICOLLE (J.-V.)

156 — Vue de l'arc de Titus, situé sur la Voie Sacrée, près
le Mont-Palatin, à Rome.

Aquarelle.

H. 06 c. L. 09 c.

NICOLLE (J.-V.)

157 — Vue du Château Saint-Ange et de la Porte Castello, à Rome.

H. 06 c. L. 09 c.

NICOLLE (J.-V.)

158 — Vue du pont des Sénateurs, vulgairement appelé
Ponte Rotto, à Rome.

Aquarelle.

H. 06 c. L. 09 c.

NICOLLE (J.-V.)

159 — Vue de l'arc de Titus, situé sur l'ancienne Voie
Sacrée près les Jardins Farnèse, à Rome.

Aquarelle.

H. 06 c. L. 09 c.

NICOLLE (J -V.)

160 — Vue de la colonne Trajane.

H. 08 c. 1/2. L. 06 c. 1/2.

NICOLLE (J.-V.)

161 — Vue du Château-Fort et Pont Saint-Ange, à Rome.

Aquarelle ronde. — 07 c. de diamètre.

NICOLLE (J.-V.)

162 — Vue du pont des Quatre-Têtes sur le Tibre, à Rome.

Aquarelle ronde. — 07 c. de diamètre.

NICOLLE (J.-V.)

63 — Vue de l'arc de Septime Sévère.

Aquarelle ronde. — 07 c. de diamètre.

NICOLLE (J.-V.)

164 — Vue de la colonne Antonine sur la place Colonne.

Aquarelle ronde. — 07 c. de diamètre.

NICOLLE (J.-V.)

165 — Vue de la place du Capitole à Rome.

Aquarelle ronde. — 07 c. de diamètre.

NICOLLE (J.-V.)

166 — Vues de Rome et de Naples, 16 aquarelles.

Rondes. — 07 c. de diamètre.

NICOLLE (J.-V.)

167 — Vue des ruines du temple du Soleil et de la Lune,
prise près l'arc de Constantin à Rome.

Aquarelle ronde. — 07 c. de diamètre.

NICOLLE (J.-V.)

168 — Vue de l'amphithéâtre de Flavius ou Colysée, du
côté méridional, à Rome.

Aquarelle ronde. — 07 c. de diamètre.

NICOLLE (J.-V.)

169 — Vue du temple de Vesta, situé sur la place de
Bocca di Verita, à Rome.

Aquarelle ronde. — 07 c. de diamètre.

NICOLLE (J.-V.)

170 — Vue des monts Vésuve et de la Somme, prise de la
place du Château-Neuf, à Rome.

Aquarelle ronde. — 07 c. de diamètre.

NICOLLE (J.-V.)

171 — Vue des ruines du palais de Donna Anna, situé au
bord du Golfe, à Naples.

Aquarelle ronde. — 07 c. de diamètre.

NICOLLE (J.-V.)

172 — Vue de l'arc de Constantin et du Colisée, prise de
Saint-Grégoire, au mont Celius, à Rome.

Aquarelle ronde. — 07 c. de diamètre.

NICOLLE (J.-V.)

173 — Vue de Saint-Pierre-Montorio et de la fontaine
Pauline, situés sur le mont Janicule, à Rome.

Aquarelle ronde. — 07 c. de diamètre.

NICOLLE (J.-V.)

174 — Vue de la porte Majeure, construite par l'empereur
Claude, à Rome.

Aquarelle ronde. — 07 c. de diamètre.

NICOLLE (J.-V.)

175 — Vue des restes du temple de la Concorde, situé sur
le penchant du Capitole, à Rome.

Aquarelle ronde. — 07 c. de diamètre.

NICOLLE (J.-V.)

176 — Vue du château Saint-Ange, prise au bord du
Tibre, au-dessous du port de Ripetta.

Aquarelle ronde. — 07 c. de diamètre.

NICOLLE (J.-V.)

177 — Vue de Rome, prise de la terrasse de Saint-Pierre-
Montario, sur le mont Janicule.

Aquarelle ronde. — 05 c. de diamètre.

NICOLLE (J.-V.)

178 — Vue de l'église de Sainte-Marie-Libératrice et des restes du temple de Jupiter Stator, à Rome.

Aquarelle ronde. — 07 c. de diamètre.

NICOLLE (J.-V.)

179 — Vue de l'amphithéâtre de Flavius ou Colisée, prise du vicolo Scelerato à Rome.

Aquarelle ronde. — 07 c. de diamètre.

NOEL (J.)

180 — Paysage avec rivière, pavillon sur la droite, figures au premier plan.

H. 24 c. L. 33 c.

NOEL (J.)

(PENDANT DU PRÉCÉDENT)

181 — Paysage avec rivière, au milieu de laquelle est un bateau, les voiles déployées ; au premier plan, une barque avec pêcheurs, fond avec collines.

Belles aquarelles d'une exécution remarquable.

H. 24 c. L. 33 c.

PICARD (Bernard)

182 — La Galerie des Glaces à Versailles.

Dessin animé de jolies figures à la plume et à la sépia.

H. 15 c. L. 09 c.

PINELLI

183 — Paysage représentant un massif d'arbres, au milieu duquel on entrevoit la campagne ; à droite, sur le premier plan, un monticule couvert de verdure.

Gouache.

H. 19 c. L. 27 c.

REDOUTÉ (J.-P.)

(D'APRÈS VAN HUYSUM)

184 — Des roses, des tulipes, des anémones et autres fleurs, dans un vase de marbre.

Aquarelle.

H. 58 c. L. 28 c.

REDOUTÉ (J.-P.)

(D'APRÈS VAN HUYSUM)

185 — Des roses, des pavots, des tulipes, une branche d'œillet et autres fleurs dans un vase; au pied une grappe de raisin.

Aquarelle.

H. 43 c. L. 33 c.

SOULÈS (Eugène)

186 — Paysage; au centre un château flanqué de deux tourelles, élevé sur une terrasse et entouré d'eau.

Signé Eugène Soulès.

H. 18 c. 1/2. L. 27 c.

TESSON (L.)

187 — Villageois s'occupant des travaux à la campagne.

Aquarelle.

H. 33 c. 1/2. L. 24 c.

TROY (J.-F. de)

188 — La princesse Charlotte-Elisabeth de Bavière.

Elle est assise et se dispose à prendre une tasse de café que lui apporte un nègre.

Dessin à la sépia.

H. 30 c. L. 21 c.

VERKOLIE (Nicolas)

189 — Flore : et Zéphyre la déesse est endormie près d'une fontaine.

Gouache.

H. 16 c. 1/2. L. 10 c.

VERNET (Horace)

490 — Quatre Figures de jeunes femmes en pied. Costume de 1816.

Dessins et aquarelles.

H. 21 mil. L. 15 mil.

VERNET (Horace)

491 — Une Danseuse tournée vers la droite; elle porte une robe à fleurs bleues et des gants blancs.

Aquarelle.

H. 150 mil. L. 90 mil.

VERNET (Horace)

492 — Jeune Fille étudiant la harpe.

Bistre.

H. 20 c. L. 15 c.

VERNET (Horace)

493 — Dame en costume de ville.

Lavis.

H. 15 c. L. 09 c

VILLERET

194 — Un Mur coupé en deux donne accès sur une plate-forme, où se trouve une église de village.

Aquarelle.

H. 12 c. L. 16 c.

VILLERET

195 — Eglise de village, entourée d'arbres, de maisons; nombreux villageois.

Aquarelle.

H. 12 c. L. 16 c.

VILLERET

196 — Une vue de l'ancien Paris.

Aquarelle.

H. 12 c. 1/2. L. 18 c.

VOLMAR (J.)

197 — Une Chienne et ses Chiens.

Aquarelle.

H. 10 c. L. 13 c.

VOLON

198 — Jeune Fille vue de dos à sa toilette.

Aquarelle.

H. 10 c. L. 09 c.

WATTEAU (Attribué à)

499 — Tête de jeune Fille.

Au crayon rouge et noir.

H. 20 c. 1/2 L. 17 c.

WYLD

200 — L'Eglise Saint-Marc à Venise et une portion du Palais ducal.

Aquarelle d'une belle couleur et d'une remarquable exécution.

H. 28 c. 1/2. L. 43 c.

W. WYLD (Signé)

201 — Une Vue de Venise.

Jolie aquarelle.

H. 09 c. 1/2. L. 11 c.

W. WYLD (Signé)

202 — Le Lion de Saint-Marc, le Palais ducal et l'Eglise
Saint-Marc.

Aquarelle.

H. 04 c. 1/2. L. 08 c.

E (Monogramme)

203 — Jeune Femme en pied, costume de ville, fleurs
bleues dans les cheveux.

Aquarelle.

H. 123 mil. L. 83 mil.

P. V. D. (Monogramme)

204 — Jeune Fille en buste, cheveux blonds, vêtue d'une
robe en velours rouge avec fichu en mousseline.

Forme ovale. — H. 13 c. L. 11 c.

INCONNU

205 — Une portion du Palais ducal et le Lion de Saint-
Marc, à Venise.

Aquarelle.

H. 23 c. 1/2 L. 32 c.

INCONNU

206 — Le Forum.

> Aquarelle.

> H. 23 c. L. 30 c. 1/2.

INCONNU

207 — Essai d'ascension dans le Parc de Versailles.

> Dessin à l'encre de Chine sur papier jaune. Multitude de figures très-finement faites.

> H. 21 c. 1/2. L. 14 c.

INCONNU

208 — La Statue équestre de Coleoni, près l'église *San-Giovanni e Paolo*, à Venise.

> Gouache.

> H. 13 c. L. 19 c. 1/2.

---

209 — Sous ce numéro seront vendus environ trente dessins ou aquarelles non catalogués.

MINIATURES

AUBERT (L.-F.)

210 — Portrait de jeune Fille vue en buste, la tête de
face, les cheveux blonds avec bouquet de fleurs,
corsage rose décolleté et lacé.

Très-joli émail, de forme ovale, cadre en bronze doré.

H. 55 mil. L. 43 mil.

AUGUSTIN (Jean-Baptiste-Jacques)

211 — Portrait de Mlle Mars.

Vue de buste, les cheveux noirs bouclés et
ornés de fleurs, robe blanche et manteau en
velours doublé d'hermine.

Forme ronde. — Diam. 15 mil.

AUGUSTIN

212 — Portrait de jeune Femme en buste, cheveux châtains ornés de fleurs, robe bleue décolletée.
ceinture avec perles.

Signé Augustin, 1815.

Cadre en bois de citronnier avec cercle en bronze doré.

Forme ovale. — H. 43 mil. L. 33 mil.

AUGUSTIN

213 — Portrait de Lafayette vu à mi-corps, en costume
de général; derrière lui un camp et des canons.

Très-jolie miniature, cadre en bronze doré

Forme ovale. — H. 60 mil. 1/2. L. 50 mil.

AUGUSTIN (Attribué à)

214 — L'Impératrice Joséphine. Tête de trois quarts tournée à droite, robe bleue; perles dans les cheveux.

Cercle et enveloppe en argent doré.

Forme ovale. — H. 70 mil. L. 43 mil.

BAURD (William)

215 — L'Adoration des Mages et le Crucifiement.

Deux très-belles gouaches de la plus grande finesse, dans
leurs cadres en bois, très-finement sculptés.

H. 75 mil. L. 100 mil.

BAURD (William)

216 — Sur le bord d'un lac entouré de collines, de nombreux personnages prennent les eaux.

Très-belles gouaches de la plus grande finesse, cadre en
argent doré.

H. 120 mil. L. 180 mil.

BAUDOUIN

217 — Une jeune Femme vêtue d'une robe rose se repose
mollement étendue dans un jardin, son om-
brelle et son châle sont placés près d'elle; dans
le fond est un buste en marbre posé sur un socle
avec bas-reliefs d'Amours.

Très-jolie miniature de forme ronde.

Diamètre, 70 mil.

BAUDOUIN (Pierre-Antoine)

218 — Jeune Femme vue jusqu'à la ceinture, portant la
main droite vers sa bouche, la tête de face, les
cheveux blonds légèrement poudrés et attachés
par un ruban bleu, robe rose décolletée,

Cadre en bronze doré.

Forme ronde. — Diam. 70 mil.

BERTIN (Victor)

219 — Deux Paysages.

1° Chute du Reichembach dans la vallée
d'Oberhasli.

2° Chute du Vandelbach dans la vallée d'O-
berhasli; chalet au second plan.

Fixés. — H. 100 mil. L. 75 mil.

BLAREMBERGHE (Attribué à)

220 — 1° Paysage avec rivière, maisons et tour en ruine
sur la gauche.

2° Paysage avec rocher et maisons au second plan.

Gouaches montées sur une boîte en vernis de Martin gal-
lonné d'or et cercles en or ciselé.

Forme ronde. — Diam. 62 c.

BLAREMBERGHE (Attribué à Van)

221 — Vue intérieure d'un parc avec jet d'eau et figures.

Gouache signée V. B.

Cadre en velours grenat avec cercle en or guilloché.

Forme ronde. — Diam. 55 mil.

BLAREMBERGHE (Genre de)

222 — Parc de Versailles.

Au milieu un bassin avec jet d'eau, autour et
au fond de nombreux personnages.

Cercle en or guilloché avec enveloppes en argent doré.

Forme ovale. — H. 40 mil. L. 50 mil.

BLAREMBERGHE (Manière de)

223 — Petite scène de comédie avec pavillon et figures.

Gouache.

H. 53 mil. L. 52 mil.

BOUCHARDY

224 — Portrait de jeune Femme; les cheveux blonds, robe grise, ceinture bleue.

Signé E. BOUCHARDY.

Forme ovale. — H. 90 mil. L. 75 mil.

BOUCHARDY (Attribué à)

225 — Portrait de Marie-Félicité Malibran.

Vue en buste, les cheveux blonds bouclés, un fichu en cachemire blanc avec bordure est posé sur ses épaules; robe verte.

H. 90 mil. L. 80 mil.

BOUCHER

226 — Deux Sujets champêtres.

Le premier représente des jeunes filles et de jeunes enfants jouant sur l'herbe, près d'une grange.

Le deuxième une rivière; au second plan, un débris de palissade sur laquelle une jeune fille étend du linge.

Gouaches d'une grande finesse. Cadres en velours grenat et cercles en or guilloché.

Forme ovale. H. 48 mil. L. 60 mil.

BOUCHER

227 — Deux Paysages.

Le premier représente un pêcheur avec rivière au premier plan, au fond maisonnette et tour.

H. 28 mil. L. 43 mil.

Le second, au fond, deux maisonnettes, au premier plan, un pont, des rochers et deux figuiers.

Miniatures d'une grande finesse.

H. 28 mil. L. 70 mil.

BOUCHER (D'après)

228 — Un jeune Berger ajuste des fleurs sur la tête d'une jeune fille.

Forme ronde. — Diam. 55 mil.

BOUCHER (D'après)

229 — Le Panier mystérieux.

Un berger dépose un panier rempli de fleurs, auprès d'une jeune fille qui semble dormir.

Cercle en or ciselé, émail de forme ovale.

H. 42 c. L. 55 c.

BOUCHER (Attribué à)

230 — Jeune Fille endormie, la tête légèrement penchée vers la droite, son corsage lacé avec un ruban bleu et paré d'un bouquet de roses.

Cadre en bronze doré.

Forme ovale. — H. 47 mil. L. 40 mil.

BOUCHER (D'après)

231 — Leda, une Nymphe et Jupiter sous la forme d'un cygne.

Cette miniature est montée sur une boîte en écaille avec cercle d'or.

Forme ronde. — Diam. 68 mil.

BOUCHER (D'après)

232 — Jeune Femme nue, couchée sur un lit, un Amour est près d'elle.

Miniature montée sur une boîte en écail.

Forme ronde. — Diam. 65 mil.

BOUCHER (D'après)

233 — Vénus et l'Amour.

Elle est assise sur des nuages, entourée de riches draperies, et tient une flèche; sa a gauche un Amour, deux colombes sont à ses pieds.

Cadre en bronze doré.

H. 55 mil. L. 72 mil.

BRUANDET

234 — Paysage avec arbres brisés sur la gauche et maison au second plan.

Monté sur une boîte en vernis de Martin doublé d'écaille.

Forme roude. — Diam. 95 c.

CAMPANA

235 — Portrait de jeune Femme, tête de trois quarts, tournée à droite, cheveux poudrés; perles dans les cheveux, robe bleue décolletée.

Forme ovale. — H. 57 mil. L. 40 mil.

CAPET

236 — Portrait de jeune Femme, la tête de trois quarts tournée vers la droite, cheveux châtains crêpés, légèrement poudrés et retenus par un ruban violet.

Signé M.-J. Capet, l'an 11e de la liberté.

Forme ronde. — Diam. 65 mil.

CHARLIER (JACQUES)

237 — Léda et Jupiter.

Très-belles gouaches.

H. 22 c. 1/2. L. 30 c.

CHARLIER (Jacques)

DEUX PENDANTS

238 — Nymphe accroupie dans un paysage et cueillant des fleurs.

Nymphe couchée dans un paysage, appuyée sur son bras gauche et vue de face.

Cadres en bois noir et bronze doré.

H. 58 mil. L. 83 mil.

CHARLIER (Jacques)

239 — Nymphe couchée dans un paysage, vue de face; deux Amours sont derrière elle. — Cercle en or ciselé avec griffes d'argent.

Forme ronde. — Diam. 60 mil.

CHARLIER (Jacques)

240 — Nymphe couchée dans un paysage, vue de face et ayant à ses pieds un Amour endormi.

H. 56 mil. L. 80 mil.

CHARLIER (Jacques)

241 — Nymphe dans un paysage, le pied gauche dans un cours d'eau, elle caresse un Amour.

H. 50 mil. L. 68 mil.

CHARLIER (Jacques)

242 — Nymphe couchée dans un paysage et vue de dos.

H. 50 mil. L. 75 mil.

CHARLIER (Jacques)

243 — Vénus assise sur des nuages et tenant une flèche
que réclame un Amour.

Cadre en bronze doré.

H. 60 mil. L. 80 mil

CHARLIER (Jacques)

244 — Nymphe accroupie dans un paysage et tenant un
panier de fleurs.

Cercle en argent doré, écrin de maroquin grenat.

Forme ovale. — H. 60 mil. L. 53 mil.

CHARLIER (Attribué à)

245 — Nymphe endormie dans un paysage et surprise
par un satyre.

Riche cadre en bronze doré.

H. 65 mil. L. 95 mil.

CHARLIER (Attribué à)

246 — Vénus, mollement étendue dans un paysage, caresse une colombe et tient à la main droite une rose.

H. 53 mil. L. 80 mil.

CHARLIER (Genre de)

247 — Léda, Jupiter et une Nymphe, d'après F. Boucher.

A angles coupés.

H. 05 c. 1/2. L. 07 c. 1/2.

CHARLIER (Genre de)

248 — Léda et Jupiter.

Cadre en bois noir et bronze doré.

Forme ronde. — Diam. 8 c. 1/2.

CHATILLON

249 — Portrait d'une princesse de la Famille Impériale vue à mi-corps, figure de trois quarts, drapée dans un châle rouge.

H. 80 mil. L. 64 mil.

CICÉRI

250 — Vue de Suisse.

Aquarelle montée sur une boîte en porphyre gris (vente Cherubini), angles coupés.

H. 52 c. L. 86 c.

COOL (Delphine de)

251 — Portrait de Rembrandt.

Peinture sur porcelaine, d'après le tableau original du musée du Louvre.

Ovale. — H. 20 c. L. 15 c.

COYPEL (D'après)

252 — Portrait de jeune Femme.

Tête de face, cheveux blonds poudrés ornés de perles, robe de soie verte ornée d'une ganse d'or ; elle tient un masque à la main.

H. 125 mil. L. 80 mil.

DEGAULT

253 — Deux petites compositions représentant des bacchantes et des satyres. Grisaille d'une grande finesse.

Forme ovale. — H. 34 mil. L. 56 mil.

DOLCI (D'après CARLO)

254 — **La Vierge.**

La tête penchée vers la gauche, les mains jointes; couverte par un manteau bleu.

Miniature enveloppée dans une gaîne en maroquin vert.

H. 117 mil. L. 97 mil.

DUMONT

255 — **Portrait de la comtesse Du Barry.**

Vue en buste, la tête presque de face légèrement tournée vers la droite, cheveux poudrés et relevés au sommet de la tête retombant derrière le cou et sur l'épaule gauche; robe décolletée.

Jolie miniature, cercle en or ciselé, avec griffe en argent.

Forme ovale. — H. 40 mil. L. 34 mil.

DUMONT

256 — **Portrait de jeune Femme vue jusqu'à la ceinture,** la tête de trois-quarts tournée vers la droite, cheveux blonds poudrés et serrés par un ruban bleu; un fichu en mousseline blanche est croisé sur sa poitrine; elle porte une robe bleue.

Signé DUMONT.

Forme ovale. — H. 54 mil. L. 48 mil.

DUMONT

257 — Portrait de jeune Femme vue en buste, la figure presque de face ; haute coiffure avec rubans ; voile rayé roulé autour de la tête et bouquet de fleurs ; robe rouge décolletée.

Forme ronde. — Diam. 67 mil.

DUMONT

258 — Portrait de la princesse de Carignan en buste, presque de face, les cheveux poudrés retenus au sommet de la tête par un ruban bleu ; corsage rose décolleté garni de dentelles.

Cercle en or ciselé, avec griffes d'argent.

Ovale. — H. 44 mil. L. 00 mil.

FRAGONARD (D'après HONORÉ)

259 — Le Baiser.

Un jeune homme en habit rouge embrasse une jeune paysanne dont la main presse la sienne.

Forme ovale. — H. 23 mil. L. 17 mil.

GÉRARD (D'après)

260 — Portrait de Mlle Mars.

Vue jusqu'à la ceinture, la tête presque de face, tournée vers la droite ; coiffure et corsage en velours vert avec broderies d'or.

Miniature de forme ovale, montée sur une boite en écaille.

H. 72 mil. L. 57 mil.

GREUZE (D'après)

261 — Une jeune Mère et trois enfants dont l'un est endormi sur ses genoux.

Grisaille.

Forme ronde. — Diam. 63 mil.

GUÉRIN (Jean)

262 — Portrait de Femme.

Représentée en buste, figure de face, cheveux châtains ; une écharpe de mousseline blanche lui entoure la tête.

Cadre en bronze doré. — Sigré J. Guérin f.

Forme ovale. — H. 95 mil. L. 75 mil.

HALL (Attribué à)

263 — Portrait de jeune Femme en buste, presque de face, cheveux blonds ; corsage décolleté ; un oiseau est posé sur son épaule.

Ovale. — 43 mil. de diam.

HALL (Genre de)

264 — Portrait de jeune Femme vue à mi-corps, coiffée d'un chapeau avec rubans violets, tête de face, cheveux blonds tombant sur les épaules ; robe rougeâtre serrée au corsage.

Forme ronde. — Diam. 75 mil.

HALL (Attribué à)

265 — Portrait de jeune femme vue jusqu'à la ceinture, tête de trois-quarts tournée à droite, cheveux légèrement poudrés et attachés par un ruban bleu ; robe blanche.

Signé HALL.

Cercle en or ciselé, avec griffes d'argent.

Forme ronde. — Diam. 57 mil.

HEINSIUS

266 — Portrait de Femme.

Tête de trois quarts un peu tournée à droite, cheveux blonds légèrement poudrés ; corsage bleu.

Forme ovale. — H. 70 mil. L. 55 mil.

HUET (J.-B.)

267 — Deux Pendants.

Dans le premier, un berger folâtre avec une jeune fille ; dans le second est une jeune femme assise tenant des fruits ; à ses genoux, un berger qui lui offre une grappe de raisin.

Gouache.

H. 130 mil. L. 90 mil.

HUET

268 — Un Berger tient un mouton qu'il offre à une bergère ; ils ont près d'eux un enfant, un chien, un coq, des poules et des moutons.

Très-jolie miniature à l'encre de Chine.

Forme ronde. — 75 mil.

ISABEY (Père)

269 — Portrait de profil tourné vers la gauche ; cheveux
blonds serrés par un ruban rouge ; cravate
blanche.

On lit au dos de cette miniature ; Ebauche de la belle
Grecque, depuis duchesse de Galte, par Isabey.

A angles coupés. — H. 48 mil. L. 44 m.

ISABEY (Père)

270 — Portrait de la duchesse de Raguse.

Elle est vue en buste, la tête presque de face
avec voile et fleurs dans les cheveux.

Signé J. ISABEY.

Forme ovale. — H. 135 mil. L. 100 mil.

ISABEY (Père)

271 — Portrait de femme.

La tête tournée à gauche, cheveux noirs tombant sur le cou ; robe en mousseline décolletée.

Angles coupés. — H. 45 mil. L. 35 mil

KLINGSTETT (D'après **PATER**)

272 — Deux jeunes Garçons et deux jeunes Filles jouent
à Colin-Maillard.

Aquarelle.

H. 40 mil. L. 70 mil.

KLINGSTETT

273 — Un jeune Homme présente un verre à une jeune
Fille qui tient une bouteille à la main.

Grisaille.

Forme ronde. — Diam. 70 mil.

KLINGSTETT

274 — Renaud, Armide et deux Amours dont l'un tient
un miroir.

Très-fine miniature de forme ovale. Cadre en tronze doré.

H. 60 mil. L. 80 mil.

LANCRET (D'après)

275 — Deux jeunes gens dont l'un debout joue de la
flûte près d'une jeune dame assise qui tient un
éventail.

Forme ronde. — Diam. 62 mil.

LAVREINCE (Nicolas)

276 — Le Jeu de Colin-Maillard.

Dans un parc, auprès d'un vase de pierre, une troupe nombreuse de jeunes filles et de jeunes garçons jouent au Colin-Maillard. L'une des jeunes filles a les yeux bandés et cherche à saisir les joueurs qui l'entourent.

Cette délicieuse miniature est montée sur une très-jolie boîte ronde en écaille galonnée d'or.

Forme ronde. — Diamètre. 67 mil.

LAVREINCE (Nicolas)

277 — La Promenade.

Dans un parc, près d'une statue, un jeune couple s'est arrêté pour causer avec une jeune femme vêtue d'une robe de soie rayée et assise au pied d'un arbre.

Sur la gauche, un second couple se dirigeant vers une allée ombreuse.

Très-jolie gouache de la plus grande finesse.

Cerclé en or ciselé, avec nœud et enveloppe en argent doré.

Forme ronde. — Diamètre. 69 mil.

LAVREINCE (NICOLAS)

278 — Halte de chasse.

Dans un paysage, près de quelques arbres, une jeune femme et un cavalier ont mis pied-à-terre pour déjeuner; le cavalier en habit rouge est étendu sur le sol, la jeune femme assise, tenant un verre, regarde sur la gauche un personnage qui arrive le chapeau à la main. Au second plan, deux valets et des chiens.

Délicieuse gouache des plus fines du maître.

Cercle en or ciselé, avec nœud et enveloppe en argent doré.

Forme ronde. — Diam. 69 mil.

LAVREINCE (Attribué à **N.**)

279 — Nymphes et Amours.

Dans un joli paysage, deux Nymphes cherchent à saisir une flèche que tient un Amour.

Cadre en bronze doré.

Forme ronde. — Diamètre. 58 mil.

LAVREINCE (N.)

280 — Une jeune Fille blonde vêtue d'une robe blanche jette des fleurs sur le tombeau de Sheakspeare, d'après une composition d'Angelica Kauffmann.

Cadre en bronze doré.

Forme ronde. — Diam. 65 mil.

LAVREINCE (N.)

281 — Deux jeunes Femmes assises dans un paysage.

Signé LAVREINCE.

Cette miniature est montée sur une boîte en écaille noire.

Forme ronde. — Diam. 63 mil.

LAVREINCE (N.)

282 — Jeune Femme dans un gracieux costume, assise sur un banc de jardin et tenant à la main un livre; un chien est à ses pieds.

Cette miniature est montée sur une boîte en bois doublé d'écaille.

Forme ronde. — Diam. 65 mil.

LAVREINCE (Attribué à)

283 — Trois Baigneuses dont l'une se balance sur l'eau.

Forme ronde. — Diam. 65 mil.

LEBELLE

284 — Vue du Temple de Flavius ou Colisée, à Rome.

Ce fixé est monté sur une tabatière en buis doublé d'écaille

H. 76 mil. L. 46 mil.

LEBELLE

285 — Deux Vues de l'ancien Paris, avec nombreuses figures.

Fixés de forme ronde.

1er diam. 76 mil.

2e diam. 68 mil.

LEPRINCE (XAVIER)

286 — Intérieur d'Eglise avec procession.

Signé XAVIER LEPRINCE.

Cadre en bronze doré.

Fixé. — H. 112 mil. L. 88 mil.

LIENARD (ÉDOUARD)

287 — Portrait de femme.

Tournée vers la gauche, cheveux noirs, peigne
orné de perles, robe verte.

Forme ovale. — H. 60 mil. L. 25 m.

MACHY (DE)

288 — Paysage avec ruines, fontaine dans le bassin de laquelle boivent deux chevaux.

Peinture à l'huile sur cuivre.

P. 98 mil. L. 80 mil.

MAGLIAVA (Giovani)

289 — Paysage avec rocher, cours d'eau, et chalet sur la
droite.

Vue prise aux environs de Lausanne.

Fixé de forme ronde. — Diam. 83 mil.

MASSÉ

290 — Bacchante vue jusqu'à la ceinture, tournée vers la
gauche, cheveux blonds, couronnée de pampres,
les épaules nues.

Signé Massé, 1786.

Cadre en bronze doré,

Forme ronde. — Diam. 63 mil.

MIRBEL (Mme DE)

291 — Portrait de Mme la duchesse de Berry.

Vue au-dessous de la ceinture, la tête presque
de face, les cheveux blonds bouclés et ornés de
rubans bleus, robe noire décolletée, collier de
perles.

Forme ovale. — H. 110 mil. L. 90 mil.

MOREAU (Louis)

292 — Paysage avec baigneuses.

Forme ronde. — Diam. 67 mil.

MOREAU (Louis)

(DEUX PENDANTS)

293 — **Paysages.** Le premier avec château sur la gauche et mare au premier plan; le second, avec balustrade de pierre, statue et caisse contenant des arbustes.

Gouaches.

Forme ovale — H. 70 mil. L. 103 mil.

MOREAU (Louis)

(DEUX PENDANTS)

294 — **Paysages.**

1° Les Cascades de Tivoli et le Temple de la Sibylle.

2° Paysage avec pont de bois et tourelle.

Aquarelles.

Forme ronde. — Diam. 84 mil.

NICOLLE (J.-V.)

295 — **Vue du Temple de la Concorde et d'une partie du Forum, à Rome.**

Jolie aquarelle, montée sur une tabatière en écaille garnie d'or.

H. 84 mil. L. 80 mil.

NICOLLE (J.-V.)

296 — Carrefour, au milieu duquel sont groupés de nombreux personnages.

Aquarelle de la plus grande finesse, dans un cercle en or guilloché, et montée sur une boîte en écaille.

Forme ronde. — Diam. 69 mil.

NICOLLE (J.-V.)

297 — Une Place publique, avec fontaine au centre; au premier plan des personnages assis sur un banc, dans le fond, des maisons.

Fine aquarelle montée sur une boîte en écaille.

Forme ronde. — Diam. 70 mil.

PARANT

298 — Portrait de l'impératrice Joséphine, la tête de profil, le front ceint d'un diadème.

Signé PARANT.

Imitation de camée.

Forme ovale. — H. 55 mil. L. 57 mil.

PATER (D'après)

299 — Baigneuse accroupie au bord d'un cours d'eau.

Gouache.

Forme ronde. — Diam. 55 mil.

PERRIN

300 — Portrait d'André Chénier, vu en buste, cheveux
poudrés, chemise à jabot, habit marron.

Cadre en bronze doré.

Forme ronde. — Diam. 40 mil. 1/2.

RICHTER

301 — Portrait de jeune Femme.

Tête de trois quarts tournée à gauche, cheveux noirs pendant sur le cou ; châle rouge.

Forme ovale. — H. 50 mil. L. 40 mil.

ROBERT (Hubert)

302 — Paysage avec Temple en ruines sur la droite ; rochers et cascade dans le fond.

Fixé monté sur une boîte en écaille.

Forme ronde. Diam. 65 mil.

ROBERT (Hubert)

303 — Paysage avec colonnade en ruines ; statue à droite
et personnages au premier plan.

Cadre en bronze doré.

Gouache.

Forme ronde. — Diam. 65 mil.

SAINT

304 — Portrait de l'impératrice Joséphine.

Vue jusqu'à la ceinture, la tête de trois quarts tournée à gauche; diadème de perles, robe blanche.

Montée sur une boîte en écaille en cercles d'or.

Forme ovale. — H. 65 mil. L. 55 mil.

SICARDI

305 — Mme de Montesson.

Vue jusqu'à la ceinture, la tête en trois quarts tournée vers la droite, les cheveux blonds poudrés ornés de quelques fleurs blanches, une peau de tigre nouée sur l'épaule.

Forme ronde. — Diam. 70 mil.

SICARDI (Attribué à)

306 — Portrait de jeune Femme en costume du Directoire; elle est assise sur un banc de jardin, caressant un chien.

Signé SICARDI.

Cadre en bronze doré.

Forme ronde. — Diamètre 80 mil.

SICARDI (Attribué à)

307 — Portrait de jeune Femme, que l'on présume être Mme Dugazon en costume de paysanne coquette.

Elle est vue en buste, un fichu en mousseline blanche lui entoure les cheveux ; elle porte un corsage bleu laissant la poitrine découverte et l'épaule gauche nue ; elle tient un panier de raisins.

Cadre en bronze doré.

Forme ronde. — Diam. 57 mil.

SICARDI (Attribué à)

308 — Portrait de la comtesse Dubarry.

Elle est vue en buste, la tête presque de face, tournée vers la droite, cheveux poudrés, robe rose.

Cette miniature est montée sur une boîte en écaille, forme carré-long.

Forme ovale. — H. 50 mil. L. 40 mil.

VALLAYER-COSTER

(DEUX PENDANTS)

309 — Dans le premier, des fleurs dans un vase de cristal posé sur une table en partie couverte par un linge blanc.

Dans le second, des fleurs dans un vase en porcelaine bleue, au pied duquel sont des fruits.

Signés VALLAYER COSTER.

Forme ronde. — Diam. 86 mil.

VATELET

310 — Paysage montagneux, avec cascade et cours d'eau.

Fixé ovale. — 100 mill. de diam.

WEYLER

311 — Portrait de Femme.

Tête de trois quarts, tournée à gauche, cheveux blonds poudrés. Elle est coiffée d'un haut bonnet avec rose et rubans ; robe rose.

Émail. — H. 40 mil. L. 32 mil.

WITELLI (Van)

312 — L'Arc de Titus à Rome.

Signé G. V. W.

Gouache.

H. 92 mil. L. 135 mil.

INCONNUS

313 — Portrait de la princesse Pauline Bonaparte, d'après Gérard.

Elle est vue à mi-corps, la tête en trois quarts tournée vers la droite, les cheveux bouclés avec diadème, robe blanche décolletée.

Forme ovale. — H. 110 mil. L. 90 mil.

314 — Portrait de la princesse Caroline Murat.

Vue en buste, tournée vers la droite, cheveux châtains et couronnes de roses, collerette et collier de perles.

Cadre en bronze doré avec nœud.

Forme ovale. — H. 57 mil. L. 45 mil.

INCONNUS

313 — Portrait de Mozart.

A mi-corps, tête de trois-quarts, tournée à droite, cheveux poudrés, habits gris ; il tient un violon.

Cercle en or.

Forme ovale. — H. 53 mil. L. 45 mil.

316 — Portrait de Mme Saint-Huberty.

Vue à mi-corps, cheveux blonds ornés de perles, robe blanche décolletée, ceinture bleue ; fond de paysage.

Forme ronde. — Diam. 68 mil.

317 — Portrait de Mlle Mars.

Vue jusqu'à la ceinture, coiffure et corsage en velours grenat avec broderies d'or ; manches en mousseline.

Émail. — H. 55 mil. L. 42 mil.

318 — Portrait de Mlle Duchénois.

Vue jusqu'à la ceinture, cheveux noirs frisés, boucles d'oreilles et collier de corail ; le haut du corps couvert par un voile blanc.

H. 60 mil. L. 51 mil.

319 — La Camargo.

Tête de face, un peu tournée à droite, cheveux légèrement poudrés, ornés d'une rose ; corsage en velours violet orné de fleurs.

Forme ronde. — Diam. 80 mil.

INCONNUS

320 — Portrait de Mme la comtesse Dubarry en costume de dragon.

Broche ovale. — H. 47 mil. L. 40 mil.

321 — Portrait de jeune femme, la tête presque de face tournée vers la gauche avec une rose, les épaules et le sein gauche nus, robe jaune, manteau bleu.

Forme ovale. — H. 100 mil. L. 80 mil.

322 — Portrait de jeune femme en buste; tournée vers la droite, cheveux noirs tombant sur les épaules, diadème, grande collerette et robe verte.

Cadre en bronze doré.

Forme ovale. — H. 50 mil. L. 42 mil.

323 — Portrait de jeune femme vue jusqu'à la ceinture, une écharpe de mousseline rayée roulée autour de la tête, robe en velours rouge avec petit-gris; une chaîne d'or avec croix lui entoure le cou.

Cadre en bronze doré avec nœud.

Forme ovale. — H. 110 mil. L. 88 mil.

324 — Portrait de femme que l'on croit être Mme de Staël, vue jusqu'aux genoux, la tête tournée vers la droite; elle porte une robe bleue et tient à la main gauche une branche d'églantier.

Cadre en bronze doré, avec nœud.

Forme ronde. — H. 90 mil. L. 83 mil.

325 — Portrait de femme de trois quarts, tourné à gauche, cheveux bruns, châle vert.

Forme ovale. — H. 62 mil. L. 50 mil.

INCONNUS

326 — Portrait de jeune femme, cheveux noirs avec ruban bleu et perles; châle bleu sur les épaules.

Signé Saint.

Cadre en velours grenat.

Forme ovale. — H 64 mil. L. 50 mil.

327 — Portrait de jeune femme, tête de trois quarts, un peu tournée à droite, cheveux poudrés, bonnet avec rubans bleus noués sous le menton. Fond avec rideau vert.

Forme ronde. — Diam. 53 mil.

328 — Portrait d'Homme, époque Louis XV.

Tête de trois quarts, un peu tournée à droite, cheveux poudrés, habit violet; il porte un grand cordon et l'ordre de Saint-Michel.

Cadre en bronze doré.

H. 50 mil. L. 72 mil.

329 — Portrait de jeune Femme vue en buste, la tête presque de face, les cheveux légèrement poudrés et serrés par un ruban violet, robe décolletée, fond de ciel.

Jolie miniature.

Cercle en or de couleurs, ciselé.

Forme ovale. — H. 38 mil. L. 30 mil.

330 — Portrait de jeune Femme.

La tête presque de face, tournée un peu vers la gauche, cheveux poudrés, robe bleue.

Forme ovale. — H. 35 mil. L. 30 mil.

INCONNUS

331 — Portrait de jeune fille, les cheveux blonds, coiffée
d'un petit bonnet avec rubans roses, robe grise;
elle tient un bouquet à la main.

> Forme ronde. — Diam. 70 mil.

332 — Jeune Femme, la tête tournée vers la droite, cheveux blonds, retenus par un ruban bleu, la poitrine découverte; elle s'appuie sur un coussin
en velours rouge.

> Cadre en bronze doré.

> Forme ronde. — Diam. 67 mil.

333 — Portrait de jeune Femme, la chevelure blonde,
légèrement poudrée, collier de perles autour du
cou, robe violette décolletée.

> Forme ovale. — H. 60 mil. L. 50 mil.

334 — Jeune Femme couronnée de roses, elle est dans
une pose dramatique, les épaules nues, une
main posée sur la poitrine.

> Ovale. — H. 80 mil. L. 63 mil.

335 — Portrait de jeune Femme vue de trois quarts,
tournée vers la droite, chevelure blonde, légè-
ment poudrée et ornée de perles, la poitrine
découverte.

> Cercle en argent doré.

> Forme ovale. — H. 55 mil. L. 45 mil.

INCONNUS

336 — Portrait d'Homme en buste, presque de face, grande perruque poudrée, il porte une armure et le grand cordon de Saint-Esprit.

Cadre en bronze doré.

H. 47 mil. L. 65 mil.

337 — Jeune Femme coiffée d'un chapeau entouré de fleurs et garni de rubans roses.

Cadre avec nœud en bronze doré.

Ovale. — H. 40 mil. L. 35 mil.

338 — Portrait de jeune Femme coiffée d'un chapeau orné de rubans bleus, corsage violet décolleté, ceinture bleue.

Forme ronde. — Diam. 63 mil.

339 — Jeune Femme vue en buste, robe décolletée, fleurs au corsage, sur la tête un petit chapeau avec plumes et rubans.

Forme ovale. — H. 60 mil. L. 50 mil.

340 — Portrait de Femme vue à mi-corps, costume du premier empire, robe blanche décolletée, la main gauche posée sur le bras droit.

H. 65 mil. L. 45 mil. — Angles coupés.

341 — Portrait d'une jeune Femme vue à mi-corps, vêtue d'une robe blanche, costume du premier empire, genre d'Isabey.

Forme ovale — H. 70 mil. L. 52 mil.

INCONNUS

342 — Portrait d'un jeune Prince, il porte une cuirasse qui est en partie cachée par un manteau en velours grenat doublé d'hermine, il tient à la main le bâton du commandement.

Cadre en bronze doré.

Forme ronde. — Diam. 60 mil.

343 — Portrait de jeune Femme, la tête de face, chevelure blonde abondante, légèrement poudrée et retenue par un ruban bleu, robe décolletée avec mousseline et perles.

Forme ronde. — Diam. 60 mil.

344 — Jeune Fille, la tête de trois quarts tournée à droite, cheveux blonds retenus par un ruban.
Un voile en mousseline tombe sur son épaule.

Forme ronde. — Diam. 52 mil.

345 — Jeune Femme coiffée d'un bonnet haut de forme corsage rose, cordon noir au cou.

Cadre en bronze doré.

Forme ovale. — H. 40 mil. L. 32 mil.

346 — Jeune Femme, la tête de trois quarts tournée vers la droite, les cheveux blonds légèrement poudrés et serrés par un ruban violet, la poitrine découverte, corsage violet retenu par un ruban qui est noué sur l'épaule gauche.

Forme ronde. — Diam. 60 mil.

INCONNUS

347 — Portrait de Femme, les épaules et les seins nus, les cheveux blonds poudrés ornés d'un ruban bleu, la chemise retenue par un ruban de même couleur.

Forme ovale. — H. 60 mil. L. 50 mil.

348 — Jeune Femme décolletée, ayant un ruban bleu dans les cheveux.

Forme ronde. — Diam. 70 mil.

349 — Jeune Femme, les cheveux poudrés avec fleurs et perles, écharpe bleue, une main posée sur la poitrine.

Cadre en bronze doré.

H. 50 mil. L. 40 mil.

350 — Portrait de Femme.

Tête de trois quarts tournée à droite, cheveux blonds poudrés, retenus par un ruban rose. Au tour du sein une chemisette et une draperie bleue.

Forme ronde. — Diam. 65 mil.

351 — Jeune Dame décolletée, époque Louis XV ; le corsage orné d'une guirlande de fleurs.

H. 55 mil. L. 70 mil.

352 — Jeune femme en buste, cheveux blonds abondants, robe décolletée, écharpe de soie bleue.

Forme ronde. — Diam. 60 mil.

INCONNUS

353 — Jeune Femme vue jusqu'à la ceinture, cheveux blonds serrés par un ruban violet, robe décolletée, fond de paysage.

Cette miniature est montée sur une boîte en écaille doublée en argent doré.

Forme ronde. — 50 mil. de diamètre.

354 — Portrait de jeune femme, cheveux poudrés, bonnet garni de dentelles et d'un ruban bleu; corsage violet, décolleté avec rose.

Monté sur une boîte ronde en vernis de Martin, à raies rouges, blanches et bleues, avec cercles en argent.

Ovale. — H. 45 mil. L. 38 mil.

355 — Le Baiser, d'après Honoré Fragonard.

Cercle d'or, avec griffes d'argent.

Forme ronde. — Diam. 25 mil.

356 — Nymphe et Satyre couchés sur une peau de tigre dans un paysage.

Cadre en velours grenat et cercle en or guilloché.

Angles coupés. — H. 50 mil. L. 70 mil.

357 — Jupiter, Junon et la vache Io. Miniature; d'après un dessin de Moreau le jeune.

Cadre en velours violet, avec cercle en bronze doré.

Forme ronde. — Diam. 63 mil.

INCONNUS

358 — Deux Paysages de la plus grande finesse, vues prises dans un parc avec cours d'eau, pont, rochers et collines avec tourelles au sommet; au premier plan des personnages.

Cercles en or, avec griffes d'argent.

Forme ronde. — Diam. 63 mil.

359 — Portrait de jeune Femme vue en buste, la tête presque de face, cheveux poudrés serrés par un ruban bleu, la poitrine découverte, collier de perles; fond de paysage.

Cadre en bronze doré.

Forme ronde. — Diam. 80 mil.

360 — Dans un parc avec statue; un jeune couple assis auprès d'une fontaine et se livrant à une conversation intime; ils ont derrière eux une jeune femme qui paraît les interrompre dans leur entretien.

Cadre en bronze doré.

Forme ronde. — Diam. 64 mil.

(DEUX PENDANTS)

361 — Paysages. Le premier avec pavillon au second plan sur la droite. Le deuxième avec pont et constructions bâties sur un cours d'eau.

Cadre en bronze doré.

Fixés de forme ronde. — Diam. 77 mil.

INCONNUS

362 — Vue d'un Palais avec campanile, grand escalier, balustrade avec statues.

Gouache d'une grande finesse montée sur une tabatière en écaille à cercle d'or.

Forme ronde. — 66 mil. de diamètre.

363 — Hercule, Omphale et deux Amours.

Miniature montée sur une boîte ronde en vernis de Martin.

Forme ovale. — H. 36 c. L. 31 c.

364 — Deux Boîtes de forme ronde en ivoire avec paysages peints à l'huile.

Forme ronde. — 72 mil. de diamètre.

365 — Dix-huit Boutons avec dessins à l'encre de Chine d'une grande finesse; sujets d'après Boucher, Beaudoin, Fragonard, etc.

———

366 — Sous ce numéro seront vendus environ 15 Boîtes en écaille piqué ou galonné d'or; autre en vernis de Martin, avec cercles en or ciselés et les objets omis.

TABLEAUX

—

BONNINGTON (RICHARD-PARKER)

367 — Le Jardin de Versailles, vue prise près du palais
au-dessus de l'orangerie.

Superbe esquisse d'une exécution et d'un effet remarquable.

Toile. — H. 43 c. L. 53 c.

CATHELINAU

369 — Bull-Dog anglais.

Toile. — H. 62 c. L. 52 c.

CARRÉ SOUBIRAN

368 — La Recette.

Toile. — H. 80 c. L. 60 c.

CARRÉ SOUBIRAN

370 — La Rêverie.

H. 55 c. L. 40. c.

GÉROME (J.-L.)

370 — La Garde du camp.

Le Camp est dressé au second plan auprès de quelques collines; des chevaux et des chameaux sont épars près des tentes ; sur la gauche quelques Arabes entourent un feu dont la fumée s'élève en droite ligne vers le ciel.

Plusieurs chiens lévriers en font la garde, deux sont sur le devant : l'un, noir, dresse la tête et regarde vers la droite ; le second, couché semble écouter; un troisième fait également la garde sur un plan plus éloigné.

Signé J.-L. Gérome.

Bois. — H. 40 c L. 54 c.

JONGKIND (J.-B.)

371 — Vue de Paris (pont Notre-Dame); effet de soleil couchant.

Signé et daté.

Bois. — H. 40 c. L. 55 c.

LONGUET

372 — Jeune Fille se promenant dans un bois et ajustant dans ses cheveux une couronne de fleurs.

Signé Longuet.

Bois. — H.   c. L.   c.

ROYBET

373 — La Fille au perroquet.

Elle est assise, vêtue d'une robe en soie, le corsage rose avec crevés aux manches, la jupe jaunâtre avec large bande rose sur le devant, une perruche est posée sur sa main droite.

Signé F. ROYBET.

Fond avec tapisserie et colonne.

Toile. — H. 40 c. L. 32 c.

ROUSSEAU (THÉODORE)

374 — Paysage par un temps pluvieux, avec mare au premier plan, d'un effet remarquable.

Toile. — H. 24 c. L. 35 c.

VALTON

375 — Jupiter et Léda.

Bois. — H. 15 c. L. 12 c.

Renou et Maulde, imprimeurs de la Compagnie des Commissaires-Priseurs, rue de Rivoli, 144.   676

RED. :

19

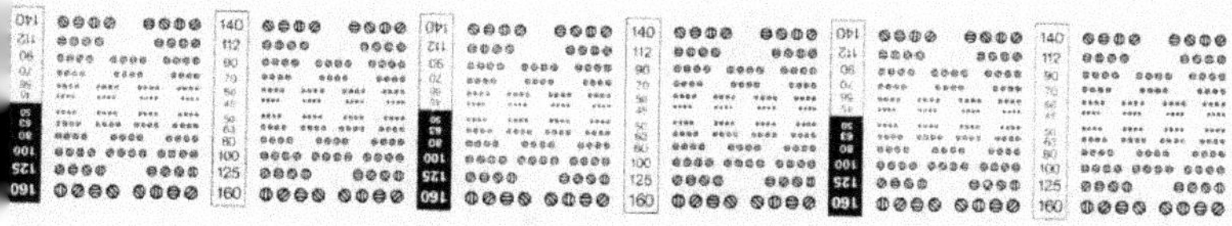

0 1 2 3 4 5 6 7 8 9 10